단풍잎 편지

박병대 시집

불교문예

오늘도 이부자리에서 눈을 떴다.
환한 세계는 빛으로 가득하였다.
하루를 연명하는 제祭의식을 치르고
생명을 먹으며 생명을 사색한다.
생명은 따뜻한 것이 늘 그립다.
보도블록 틈새나 한줌의 흙을 간직한
바위에 뿌리내려 솟아오른 푸른 생명에
찬사의 초점을 맞춘다.
부활하는 초목이 상쾌한 푸름으로 일어서듯이
푸른 연명으로 또 하루가 푸르기를 기도한다.
졸작을 접하는 임에게 위안의 글이 되기를 바라며
부활을 향하는 어두운 길에 등촉을 밝혀야겠다.

바라만 보아도 마음 아픈 아내에게
굴신의 눈물 젖은 말 여기에 합니다.
고맙습니다! 당신을 사랑합니다!

2019년 가을 문턱

영락현靈樂軒에서 박병대

차례

제2부

제3부

제4부

제1부

단풍잎 편지

금년에는
단풍잎 편지
기대하지 마라라

답신 기다리다
열반한 스님
다비장했다

내년
봄바람에 꽃피면
소식이나 주려무나

여름 내 태양 먹은
산 내 천지 나무들
단풍 들면 편지 보내마

흑장미

해골에 붉은 헬멧 뒤집어쓰고
검은 아스팔트 질주하면서
눈 부서지게 봄바람 있던 날
몸은 부대껴 살점 떨어져 나가고
뼈다구에 남은 힘줄 펄럭이는데
헬멧 뚫고 들어오는 소리
해골 한 바퀴 돌아나간다
관절은 삐거덕
검은 아스팔트 질주했던 날
흑장미 한 다발 화병에 꽂았다

아팠다
골온骨溫 100도
포세린 화병은 물이 마렵다
사랑도
사랑했던 마음도
바람에 버린 바람에
삶 역시 떠났던 날 체온계는 0도

흑장미 한 다발 물 말랐다
뜰아래 물오른 넝쿨장미 꼭대기
붉게 핀 한 송이 눈부신 해골

잡스런 하루

하루의 무게
툭툭 털고
손, 발 씻고
머리 헹군다

싱싱한 비누냄새
쇄락해지는 정신
손톱깎이 집어들고
발톱 깎는다

오랜만에
삶의 무게 벗어버리고
휑하니
바람으로 다녀오고 싶다

거리에서
허허로이 옮겨놓는

가로등 불빛으로
추위타는 낙엽 밟으며 간다

찬란한 네온이 떠있고
싱싱한 젊음이 떠있고
퇴색한 낙엽이 떠있고
나도 떠있다

홀로 타는 담배
검은 테이블에는
흑맥주 한 병 맥주잔 하나
삐쩍 마른 멸치의 죽음을 씹는다

잿빛 한 병 다 비우고
사족 풀어져 비틀
돌아온 방구석 재떨이에는
잘린 발톱 초승달로 웃고 있었다

사랑놀이

아팠음에도
아프다 말 못하고
헤맸음에도
헤매었다 내색 한 번 못하고
한 바퀴 돌아와
천정에 별 하나 박아놓고
술 취해 돌아와
벽속에 눈물 하나 부어놓고
비 맞고 돌아와
천정의 별 하나 뽑아
방바닥에 놓고서
벽속의 눈물 퍼서
별을 닦는다

빨간 T셔츠

빨간 옷은 맛있다
오늘 밤
빨간 찻잔의 정념
뭉클 솟아 젖어드는
녹차 한 모금

이글이글 타오르는
불더미는 맛있다
사위어진 어둠 밝히는
팽만한 잡것들
출렁이는 불 사위

밝아오는 아침 길목
풀 섶 이슬방울
모래 틈으로 내려앉아도
태양 떠오르는 오늘
빨간 T셔츠 입고 문을 나선다

정

한눈에 반할 수는 있어도
한눈에 정들 수는 없겠지
사랑으로 만나서 티격태격
미움과 사랑을 넘나들며
많고 많은 고갯길 넘어야
정이 들겠지

등 뒤의 사랑으로
고생했다 고맙다 말은 없어도
이심전심으로 믿는 구석 있기에
측은지심으로 간직한 마음은
연민의 정으로 쌓여
정 하나 온전하게 드는 거겠지

사랑으로 살다가
원수 덩어리로 살다가
애틋한 마음 스멀거리면

새록새록 정만 들어

등허리 긁어주며 토닥이는

정든 세월만 살아가겠지

개팔자

팔자가 사나워
사납게 짖는 것을 사명감으로 알고
허구 헌 날 짖어대고
한낮 더위 잠든 그늘에서 깨어나
생선 뼈다구 질근질근 씹고
한밤에 두 귀 종긋 대는
낯선 발자국 소리마다
날카로운 이빨 드러내며
밤하늘 뚫어지게 짖어대다가
멀어져 가는 발자국 소리에
두 눈 사납게 빛내다 심드렁하여
달보고 짖다가 엎드렸다
사립문 너머 던져진
군침 도는 냄새에 쿵쿵거리다
개 같은 세상에는
개팔자가 상팔자라며
정신없이 먹다 떠난 밤
달빛은 개꼬리처럼 늘어졌다

사랑해야 빛나지

황량한 벌판에는 샘물이 없고

흐르는 물 없으니 풀마저 없고

꽃 없어 벌 나비 보이지 않고

나무 없어 새소리 없고

생명 없는 모래먼지만 누렇게 날리고

사랑하지 않는 사람이 그렇다는 거지

사랑할 사람이 없다면

돌멩이라도 사랑해야 해

그리하면 돌멩이도 보석이 되지

덤 날에 할 일

덤으로 사는 날들이 오면 손을 펴서

함께 가야 할 사람을 잡아야 합니다

묵정밭 같은 당신과 나 사이에

씨앗을 뿌려야 합니다

씨앗은 봄에 뿌려야 하지만

사람 사이에는 마음먹은 대로 뿌립니다

채마밭에 뿌리는 채마씨앗이어도 좋고

수렁논에 뿌리는 볍씨이어도 좋고

향기 피워내는 온갖 백화 씨앗이어도 좋고

목련이나 차나무 씨앗이어도 좋습니다

덤으로 사는 날들이 다 가기 전에

사랑하는 임에게는 미운 정 고운 정 꽁꽁 묶어

덤으로 주어야 합니다

이제 목화씨 뿌리러 가야 합니다

돌대가리

학창 시절 아침 먹고 학교 가고
숙제하고 저녁 먹고 시험공부하고 잤어요
끙끙대며 시험 보고 홀가분한 마음에
친구들과 어울리다 저녁 늦게 들어가 야단맞고
성적표 받아 들고 쫄아서 들어가
돌대가리 소리 들으며 종아리 맞았어요
선생님께 맞은 손바닥도 아팠는데
붉은 줄 그어진 종아리도 아팠어요
원수 같은 돌대가리 눈물이 났어요
한 올 두 올 머리카락 빠져가며 나이 들어
세상만사 벗고 싶어 산사로 갔어요
야단법석 틈에 앉아 법문 듣는데
벙글벙글 웃으며 찾아온 빛이
돌대가리에 앉아 반짝반짝 빛났어요

산길에서

오를수록 채워지는
숲 내음 꽃향기 산새 소리
무심으로 돌무덤에 돌 하나 얹어
돌부처 자비가 눈뜨기를 소원했다

음용불가 샘터 물바가지는
여름의 난로와 겨울의 부채처럼
때 기다리며
돌아서는 산객 발자국 소리 담는다

능선 위로 키 올린 진달래나무에
꿀벌 찾아와 꽃술에 몸 비비니
진달래 화끈 달아올라
몸 열어 불러들인다

지나온 세월에
황홀한 비밀 하나 있었는지

추억의 꽃술에 기억을 비비대니
바쁜 숨소리 거칠어진다

누구나 한 번쯤은
꽃이 되거나
꿀벌 되어
은밀한 곳에 만들었을 비밀이다

버스 타고 가면서

처녀의 꽁지머리가 눈앞에 늘어져 있다
갸름한 어깨에 청보라 블라우스 션션하고
희미하게 풍겨오는 이름 모를 향수의 상큼한 정화
정거장마다 들고 나는 사람들
차창 밖으로 지나쳐가는 간판 읽고
가끔 좌우로 흔들리는 꽁지머리도 본다
정거장마다 버스 문이 열렸다
떠드르 올라드는 칠십 줄 불콰한 노옹들
릉릉릉릉 숨 고르는 엔진 소리 묻히고
앞선 노옹 호기롭게 내가 두 사람 찍을게
뒤선 노옹 다급하게 아냐 찍지 마
앞선 노옹 재빠르게 이미 찍었어
뒤선 노옹 에이 씨 나는 환승인데
처녀의 꽁지머리 까르륵 흔들리고
에어컨 찬바람은 폭포처럼 쏟아지고
버스가 출발하는 것은 문이 닫혔기 때문이다

그 말

간절했는데

입술에 막혀

뱅뱅 돌았지요
.
.
.
.
사랑해

하늘

항시 높은데 있기에
너를 향해 일찍이 기도하였다
위기의 순간마다 구원을
폭압의 순간마다 자유를
살생의 순간마다 평화를
굶주림에 구제를 기도하였다
어찌 된 일이냐
기도하는 손에는 살 불만 일어나고
뜨거운 가슴은 너를 향해 부르짖는데
너의 은혜는 닿지 않는다
높은 곳에 있는 너는 밤마다 별 띄우고
계절마다 꽃피워 황홀한 사치 누리다
꽃들 죽어 빛바래면 눈 내려 하얗게 덮어놓고
낮에는 퍼질러 잠들고 밤에 깨어 별하고 노는
하늘아 사람이 무섭지 않더냐

삼선교

나폴레옹이 빵을 파는 거기에는
밤마다 세 명의 선녀가 내려왔다

천상에서 허기져 나폴레옹이 굽는
빵 냄새에 홀려서 왔다

선녀도 때가 끼는지
밤마다 목욕하고 빵을 씹었다

나폴레옹은 달풀 속에 숨어서
군침만 질질 흘렸다

선녀가 하늘로 돌아갔다는 말 듣지 못했다
배불러 그랬을 것이다

다리 밑에서 선녀가 목욕하는
물소리 지금도 들린다

태교

아가야

이렇게 울어야 한다

뻐 꾹

제2부

사랑 숭배

그중에 제일은 사랑이라
그 한마디 말을 알지 못하고
마음 터지게 살았습니다

낮에는 천방지축으로
밤에는 노여움으로
삭막한 세월만 보냈습니다

당신이 촉촉하게 들어오고
생 몸살 뒤틀며 앓이하다
당신을 알았습니다

부끄러운 마음 숨을 곳 없어
사랑을 숭배하며
밤낮으로 속죄하며 삽니다

소망

당신을 볼 때마다
믿음으로 빛나는 눈빛이게 하소서

당신을 생각할 때마다
고마움으로 마음 가득하게 하소서

힘든 일에는 따듯한 위로가 되고
기쁜 일에는 따듯한 미소가 되고
슬픈 일에는 기댈 수 있는
꺾이지 않는 나무가 되게 하소서

사랑함에 인색하지 않고
사랑받음에 자만하지 않고
사랑 앞에 겸손하게 하소서

딸깍발이 사랑

섬섬옥수 고운 손이
거칠어지고 닳아빠진 손톱
빠듯한 살림살이 알뜰하게 건사하며
따듯한 희생의 애틋한 사랑은
낮은 곳에서 높게 피어난
한 떨기 꽃입니다

모진 비바람에도 신음소리 숨기며
자작자작 홀로 앓는 가슴앓이
무심했던 세월이 부끄러워 마음 저리고
가슴 저미는 아련한 고마움에
질경이 꽃 한 송이 숨어서 바라보며
눈물 젖은 노래를 이제야 부릅니다

우묵배미 사랑

사랑한다 내세우지 않고
침묵으로 사랑하기를
오직
믿는다 말하지 않고
묵묵히 살아가기를

애틋한 삶이란
무엇인가를
깨달은
눈물 같은 사람아
바보 같은 사람아

장미꽃 사랑이
흘러 다녀도
쑥부쟁이로 살아
사랑의 뒷심 키우는
하늘 같은 사람아

비 오는 날

북한산 자락에
구름 한 덩이 내려오네
부랴부랴 배낭 둘러메고
집사람 앞세워 집을 나서네
젖은 숲 속 빗소리 밟네
장대비 젖어 들어
숲 향기 더욱 진하네
우비 자락 펄럭이며 내 사람 가네
참아갈 세월
희생할 세월
언제나 비 오는 세월에
젖은 마음 펄럭이며 빗속을 가네
방울방울 비가 내리네

젖은 손

손마디 쿡쿡 쑤시는 애옥살이
뽀얗던 손은 빛을 잃고
뽀송했던 날이 없었다

무엇이든 다 해주며 행복하게 살겠다고
굳게 다짐하며 지나온 세월들
사는 게 그리 녹록하지 않다는 것을 모르고
약속을 했다

엇 약속 믿으며 적시는 것이
어디 물뿐이랴
고단한 몸 누이고 남몰래 눈물 적시며
애왏브게 뒤척이다 잠들었겠지

모진 세월 억 세기며
다독이는 보금자리 애틋하게 지키면서
피할 수 없는 연분의 섭리에
순응하며 적시는 손

배추

도어 록 잠긴 공간
고요를 깨우는 핸드폰

여보, 경동시장인데
구천 원에 배추 두 망 샀어
손수레 갖고 정거장으로 나와

동동거리며 사는 마누라
싼거리 눈에 띄어
기쁜 마음으로 샀겠지

애끓는 마음 손수레에 얹고
와다닥 와다닥 끌었다

집안은 고요하고
마음은 한창 천둥벼락 치는데
마누라 환하게 웃는다

실내복 바지

한 십 년 애틋하게 몸에 붙어

따뜻한 사랑 주었지

나이 들어 버거운지 흘러내리는 껍데기

애린의 사랑으로 끌어올리면

허리춤에 머물다 쇠잔한 기력으로

흐르다 매달린 눈물처럼 엉치 잡고 늘어졌어

실랑이하는 것이 싫어 그렇게 한 삼 년째

아랫도리 하고 어그적 거리는 부자유와

자유를 주거니 받거니 했지

눈에 거슬려도 꾹 눌러 참았던

각시가 뿔났나 봐

"여보, 당신 바지 사러 같이 가요"

몇 군데 옷가게 거치며 껍데기 하나 샀지

실랑이했던 것 끌어안고 석별의 정 나누고

생생한 놈으로 아랫도리 씌워 부자유와 작별했지

엄마 품 같은 포근한 자유가 왔어

맥심 오리지널

맥심 오리지널 리필 봉지

절취선 자르고 비닐 지퍼를 연다

커피향이 오리지널로 자극한다

데퉁맞게 커피 병에 넣다가

흘려서 흩어진 심중의 맥

주방 식탁 쓸어 커피 잔에 담는 아내

황망하여 버리라고 한마디 하니

"내가 먹을게요"

오리지널 심중의 맥을

쓸어 담을 줄 아는 아내

우리는 서로가 심중의 맥

오리지널 마음으로 살다가

현세의 비닐 지퍼 데퉁맞게 닫히면

오리지널 봉분 아래 같이 눕겠네

김치 그릇에도 길이 있었다

방황하는 길은 찰나에 갈 수 없어도
추락하는 길은 찰나에 갈 수 있기에
이정표를 필요로 하지 않는다

빨간 불이거나
파란 불이거나
본능은 개의치 않는다

돌아 돌아
제자리 찾아가는
무의식의 잔치가 방황이다

식탁에 앉아 허기 채우며
김치 그릇 뒤적이는데
아내가 말씀하신다

"힘들게 방황하지 마라요"

무의식이 번쩍 눈을 떴다

노숙 여인

분粉냄새 숨어있는 석탄 같은 얼굴
내놓은 그릇에 불어 터진 짜장면을 먹는다

단무지 째각 째각 씹히는
반달의 진양조 소리 들린다

두터운 아크릴섬유 입성에
시든 안개꽃처럼 보푸라기 앉아있다

아사자의 벌어진 입처럼 뚫린 구멍
빈티지라 멋스럽게 명명해 본다

바람소리 들리는 쌈지공원 풀밭에 펼친
남루한 담요 한 장이 의지 처이다

검은 몸뚱어리에 어둠이 오고
둥실둥실 반달이 뜬다

연민

눈맵시 아리따운 여인아

너를 보면 억장 가슴 무너지는 소리가 들려

추운 그늘에서 세상 양지 찾느라

편하게 눈 한번 감아보지 못했던

너를 생각하면 아슴푸레 촉촉이 눈시울 붉어져

아픈 비바람에 푸르게 피어온 질경이

모질어도 질기게 버텨내는 아름다운 여인아

너를 보면 억장 가슴 솟아오르는 소리가 들려

질경이 줄기에 이는 바람 가르는 소리가 들려

음지 불 밝히는 빛줄기가 보여

대나무 마디 같은 아픔 볼 수 없지만

너를 생각하면 소나무 송진 같은 너의 혼이 보여

님이여

어서 오시구려
나는 술이외다
물로 태어나 노닐다가
애환의 설움으로
환희의 기쁨으로
범벅되어 태어난
나는 술이외다
님이여
인생살이 오가며
애환의 한 잔
환희의 두 잔
그렇게 넘겨주오
때로는 물 되어
생명이 되고
때로는 술 되어
환희가 되리니
넘치는 사랑으로

님의 몸 구석구석

흘러가겠소

채워져 노닐다가

비워져 허전하면

님의 몸 구석구석

범벅으로 흘러갈 테니

님이여

또 오시구려

엄마, 미안해!

돌아가는 날이 추웠다

눈이 내리고 찬바람은 등 떠밀고

하얀 이불 덮고서 잠든 꿈

고향처럼 포근한 길이 되었다

남은 정 주듯이 비가 내리고

차마 하얀 손 흔들지 못하고

짓눌린 가슴으로 배웅하는 길

미소 짓는 고운 영정 앞에서

되돌아올 것 같은 발자국 소리

펄펄 어둠 지우는 눈은 내리고

북풍 사납게 뼛속 파고드는

새벽의 문 열고 달리는 길

무너지는 마음 낭자한 단장의 길

육신의 빛으로 새벽을 여는

끝 말 사랑의 길

화구의 문이 닫히고

얼굴 묻고 토해내는 단말마의 곡

엄마, 미안해!

엄마, 미안해!

엄마, 미안해!

황소의 눈

너는 어떻게 하여

부드럽고 따듯한 눈을 가졌니

모든 것 내려놓은 눈빛을 가졌니

머 언 향수를 생각하는 것 같고

고뇌에 잠겨있는 슬픔 같기도 하고

무심하게 보는 것 같은

천진하면서도 반짝이지 않는

초점 없는 무한대의 눈빛은

포근한 어머니 품처럼 아늑함만 있구나

너의 눈을 보노라면

핏줄타고 흐르는 우묵한 평안함이

봄처럼 포근해지는

너와 같은 눈을 갖고 싶구나

추상追想
– 정릉에서의 유년시절

대청에 누워 별 속에 솟은
둥근달 바라다보는 적막의 늦가을

빡빡산* 너덜바위에 숨어
총 쏘며 전쟁놀이하던
연 날리던
쥐불놀이하던
별 바라기로 별똥 보며 소원 빌던
유년의 놀이터

홀딱 벗고 땡볕 개천 개헤엄 치고
고무신 띄워 쫓았던 여름

한나절 꼬챙이 질 해가며 썰매 타고
언 발 녹인 모닥불에 발바닥 태워먹은
나일론양말

아련한 기억의 실마리는
꼬리지느러미 물질하며 회귀하는
물고기 떼

출렁출렁 다 넘어간 뒤에
탄주 했던
깊은 그리움은 밤길도 환했다

* 빡빡산 : 정릉 산 72번지에 있는 낮은 동산.
　　　　우성아파트 단지가 되었다.

2월 경포

어둠에서 卍 반짝
제자리 지켜온 침묵
뚝 뚝 떨어져
몸 감추는 지금
해안선은 검다

몸부림의 부스러기
퇴적시킨 사연들
조가비 깨어진 꿈
옮겨놓는 발밑에서
보득보득 이야기 한다

물갈기 휘날리며 달려와
무너지는 하얀 몸서리
휘황한 밤하늘
우묵스런 침묵에 우뚝
북두가 꽂힌다

제3부

백제갈비

불판에서 익어가는 생살의 향기

화강암 쪼아대던 지아비의 갈비뼈

다보탑 한층 올릴 때마다 귀향의 꿈 키우던 사내

백제 하늘에 소망 실어 삭임 질로 넘기는 향수

투박한 손끝에서 벗어난 갈비뼈 허옇게

백제로 가던 하늘 길 어디쯤에서

달려오는 소망 하나 만났으랴

벼린 정 들이대고 살 뜯어내던

망치질 경쾌한 소리 하늘 길 달려가는

어디쯤에서 아사녀 부르는 외침 되었으랴

탑돌이 하던 세월도 주저앉아 갈비 뜯는데

뼈만 남아 우뚝 선 화강암에 꽃비 내려

탑돌이 발자국 덮어주는데…

운명

망연히 끌려가며 뜨는 해 바라보고

간절히 두 손 모아 자비 구하며 기도하고

눈물 거두어 가기를 원해도 마를 날이 없었다

비명 같은 날카로운 날들이 육신에 꽂히고

어둠에 뜬 달은 슬픔만 가득해 눈을 감았다

초월의 힘을 필연으로 묶어놓은 운명은

숙명의 멍에 짊어지고 가야 하는 핏빛의 몫

장미의 사랑 꿈꾸면 가시에 찔린 어둠의 구멍마다

빛나는 것들이 이루어질 희망이라고 든든해하며

눈뜨는 오늘마다 모루에서 단단해지는 두들김

소리를 듣는다

피 터지는 소리와 꽃피는 소리를 연주회에서 들

으며

어물전의 비릿한 냄새와 화원의 꽃향기를 맡는다

영혼의 혈관에 모르핀 같은 화음이 실핏줄까지

흐르고

우박 치듯 터지는 팀파니 소리에 운명과 싸우는

환상이 살아나고

    운명에게 돌격해 가는 기상 높은 트럼펫 소리에

    심장의 맥박은 파발마처럼 끝없이 질주하였다

    바이올린의 날카로운 비명이 바이올렛 꽃을 피

우면

    포근하게 안아주는 호른의 음색은

    아드레날린 주사를 맞은 것 같이 평온하였다

    먼 곳에서 들려오는 오보에의 새벽 소리에

    바순이 깨어나 해를 하늘로 밀어 올렸다

    다양한 음색의 하모니가 낙원을 이루어

    나이팅게일처럼 플룻이 노래하면 클라리넷이 꽃

을 피웠다

    운명의 고통을 잊은 황홀함으로 영혼이 환호하

며 하늘을 날았다

    연주회장에서 나오니 핏빛의 몫으로 숙명의 멍

에 짊어지고 가야 할

    까마득한 길에 달이 누워있었다

방어

수산시장 횟집에서 방어를 먹었다
우물거리는 입속의 물컹한 질감은
바다 속 날아다니던 탱탱한 탄력으로
저항하는 비릿한 향에서 바다 냄새가 났다
상점 좌판에 방방하게 누워
수족관 물소리에 젖은 비애로
생의 이별을 향하는 꼬리지느러미는
힘차게 파닥대지 않았다
바닥을 보는 눈과 허공을 보는
눈의 초점은 어디일까
몸의 일부가 잘려 드러난 피 젖은 속살
또 몸의 일부가 잘리면 무한의 극락으로 들어갈
것이다
방어를 먹었으니 방방한 힘이 나려나
속절없는 생각이 부끄러워 어두운 밤이 고마웠다
서늘한 시체의 냉기 같은 바람이 추워
옷깃 여미고 돌아가는 길은 죽음 먹은 삶이었다

네우마*

마음의 껍질 열고

무분절無分節 소리에 영혼 실어

사랑을 고백하는 높낮이는

산맥의 능선처럼 달리고 있었다

말 잊은 지극한 흠모

주체할 수 없는 희열은

아름답고 영롱하게 채색된

무분절無分節의 꽃향기는

독백 되어 흘러가도 좋으리라

나비의 춤으로 허밍에 묻힌 영혼

그 음률의 사랑

그대에게

* 네우마 : 음표의 높낮이만 있는 악보를 보며 신을 찬양
하는 소리만 내는 행위. 더 이상 찬양의 말을 찾지 못해
예배 시 음률로 찬양함.

맛

밥을 먹고 생명 보존하나니
반찬과 몸 섞어 반죽되는
뱃속의 밥에게 고맙다고 말한다
생명의 맛이 좋았다고 말한다

생명을 먹고 생명을 보존하는
비애의 깨달음이 왔을 때
죄지어 보존되는 생명이 허무였음을 알았다
얼마나 더 많은 생명으로
맛이 좋았다고 말할 수 있을까

생명을 먹고 입 헹구어 넘기는
물맛은 얼마나 개운하고 깔끔 맞은 가
혀를 감싸고 입안 구석구석 축이며 넘어가는
물에게도 맛이 좋았다고 말한다

물맛으로 몸 씻고 죄 씻어 평안에 이르니

물에게도 고맙다고 말한다

달에 젖은 아낙네가 소원 빌 때

정화수 떠놓는 이유를 비로소 알겠다

비창 광시곡

1악장

새벽의 푸른 기억 가볍게 배반하는 공간

여기는 하늘 길 인도하는 관제탑

격정의 날개 퍼덕이며 옥탑 깨진 창문으로 착륙

하라

허위와 가식의 블랙박스는 열지 마라라

아픈 밤의 기록이 날카로운 정으로 암각 되면

여린 가슴 누더기로 너덜 해 질 것이니

아웃사이더로 내버려 두거라

2악장

바람에 묻어오는 쇠 비린내

한 숨 크게 들이켜 파철의 붉은 녹물 밟으며

망치질 소리 쫓아 들어간 철의 골목

불 먹은 쇳덩이 뜨거운 아우성 다스리는
그슬린 근육 울툭불툭 일어서는 땡볕 오후
담금 되어 푸시시 내뱉는 뜨거운 호흡으로
단단하게 익어가는 쇳소리 풍악에
춤추는 불의 잔치를 보아라

3악장

무한 중천 푸름 안고 우는 바람은
보헤미안의 숨겨진 유랑의 노래인가
뜨겁게 끌어안은 것들 빠져나간 빈 가슴에
겨울 강 터지는 얼음의 비명이 맥놀이 한다
열풍의 시간도 기울어 물드는 어둠으로
햇살에 젖어 눈뜬 별무리
보석 같은 어둠을 슬프다고 말하지 말라

설화雪花

견고한 침묵 한 송이
홀로 일어선 고독이다

바람 부는 대로 흔들리는 황홀함
휘발하는 색채가 찬란하다

푸른 어깨에 손을 얹고
지금도 고독하냐고 물었다

고독은 홀로 우려내는 비밀한 작업이라고
저만치 물러서며 빗장 풀지 않았다

타성에 젖어 침묵한 오솔길처럼
고독은 고독이어도 고독인 줄 몰랐다

저 설국의 문 누가 열어
향기와 함께 휘발하는 색채 쏟아낸다면

내 안의 고독 거욱 거욱 게워내
고독끼리 범벅되어 춤을 추겠다

물방울

출렁이고 싶어 바다를 꿈꾸는데
개밥바라기 같은 아득한 등댓불은
촉각으로 나가는 지상의 문이었다
핍진의 길은 막막하여도 시련인 듯 환상인 듯
꿈결 같은 시간과 함께 밝음으로 가는 길이어서
지상에 오르면 도시와 도시 사이의 길은
잃어버린 좌표로 엉켜있었다
멈춰버린 엔진 끌어안고 망망대해 떠도는
전마선처럼 떠돌던 하늘이거나
숲 속의 샘이거나 고산준령 계곡에서도
낮은 곳으로 흐르는 길은 어디에나 있어
흐르는 자는 좌표를 필요로 하지 않았다
모든 방해물에 부딪쳐 깨져도
환희의 기쁨으로 방랑의 노래 부르며
순례자들과 하나 된 가슴으로
출렁이고 싶은 비원悲願의 길을 갈 뿐이다
저마다 흘러온 길들이 모인 곳에서

순례자들의 오체투지가 출렁이는 해원海原의 왕
국에서

한 몸으로 출렁이고 싶은 것이다

갤러리 쇼핑

꼼꼼하게 눌러놓은 현상은 부동으로 갇힌
한 줌의 호흡도 없는 벙어리의 죽음이다

바람의 이데아를 상실한 나뭇잎이 박제되어
바람을 부르고 있다

산허리 감고 있는 운무에 질식한 안식은
멀리 보이는 산의 무게처럼 고요하다

모모가 걸었던 회색의 도시처럼
정지된 사유의 시간은 저당 잡혀도 좋았다

구비 진 물길은 까마득한 곳에 방점을 찍고
기암괴석의 근골은 주름의 침묵을 암각 하였다

레일 등 감시의 이면에 수직으로 매달린
색채들의 모의는 벽의 문을 여는 것이다

거리의 광활한 빛은 반사각을 딛고
들어오는 빛과 충돌하며 귀향하는 중이다

하늘은 여백의 호흡으로 산란하는 빛 들이키며
살아난 시간의 뚜껑을 열었다

자박자박 빛 밟고 오는 어둠에
부동의 포로가 된 정경이 귀향을 꿈꾼다

기억에 엉겨 붙은 안식은 다시 살아
백치의 행복으로 휘파람을 분다

매스패턴스*
— masspatterns

마찰음은 욕망의 소리였다

피스톤 푹푹거리고 톱니바퀴 돌아가면

벨트는 팽팽하게 긴장된 에너지 주었다

움직이기 위한 모두는 서로를 필요로 하였고

결속의 움직임은 서로 달랐어도

한 곳으로 향하는 일이었다

폐기된 결속은 마모되어

서로를 필요로 하지 않아도 좋았다

또 다른 욕망 꿈꾸는 메커니즘은

서로 엮인 침묵으로 소통하자고

조각이 조각과 더해져 부분 되고

부분이 부분과 더해져 일체 되었다

해체된 경계로부터 결속된

서로 다른 모양의 메커니즘은

부동의 이미지로 소통하는 에너지였다

상실된 추억의 침묵으로 엮인

또 다른 형상의 빛나는 부활이었다

* 매스패턴스 : Mass와 Patterns의 조합어. 고유의 기능을
  상실한 것들이 합쳐져 새로운 기능을 갖는 것.

독거노인

적막한 시간이

고요한 밤에만 있는 것은 아니지요

모두가 웃고 즐기는 밝은 낮에도 쓸쓸하지요

모든 주위가 눈에 보여도

날아간 시선의 초점에는 고요만 있어요

가슴으로 무겁게 침잠하는 한탄이 농밀하게 쌓
이고

내면의 요요한 심사로 허우적거리는 날들

삭아 내리는 육신마저 찬바람에 시달리며

오도카니 감내하는 심사는 형벌이어요

씨양이질로 괴롭혔던 걸핏한 사람도 그리워지
는데

무량 바람만 옷깃으로 파고드네요

쥐어짜도 한 방울 육즙 없는 영혼마저 메마른
육신

등 돌린 풍경마다 허전한 허공이네요

고단한 마음 누이며 어두우면 어두운 대로

밝으면 밝은 대로 적적함만 더해가네요

따뜻한 말 한마디 건네주는 사람 어디 없나요

포근한 풍경이 손 내미는 꿈을 꾸어요

적막을 지키기 위해 잠 못 드는 것은 아니에요

침침한 눈 적시는 고향생각 하다가

홀로 뜨는 해를 보네요

노년의 사랑

젊은 날의 사랑은 산천에 훨훨 불붙은 사랑
물 부어도 푸식거리다 다시 살아 훨훨 타는
걸음 닿는 곳마다 눈부신 밝음이었고
심장의 펌프질도 핏줄기 일으키는
가슴은 한없이 넓은 들녘이 되어
황홀한 꽃송이 마구 피웠었다

산천에 내려온 마지막 단풍 떨어지고
펄펄 눈발 날리면 쇠잔한 기력으로
밤마다 일어서 향수로 들어가 자리 잡는
처연한 사랑에 심연은 여전히 붉어서
횃불처럼 일렁이며 잠들지 못하고
끓는 사랑 지줄 대는 애끓는 심사로
만리장성 쌓는 밤

화초기생 하나 만들어
먹감 빛 삼단 머리채 올려주고

분 냄새에 파묻혀 묵 정 나누며
아침 해맞이 해 볼까나
아리따운 저 처자 안아주고 싶은데
눈부신 들장미 끌어안고 싶은데
바라만 보아도 눈물 젖게 그냥 좋은
노년의 사랑

놀이터에서

빨간 옷 입은 의자에 앉았습니다

아이들은 지구의에 찰싹 달라붙어 돌아가고 있
었죠

회전이 둔해지자 한 아이가 뛰어내려

지구의를 붙잡고 힘껏 돌았습니다

남자였습니다

나의 머리는 사고하기 시작했고 시선은 옮겨졌
습니다

그네 타는 빨간 옷 여자아이가

검정 옷 남자아이보다 높이 올라갔습니다

나의 사고는 미끄럼 타고 모래밭에 나뒹굴었습
니다

정신을 차리고 나서 시선은 시소로 옮겨졌죠

이번에는 검정 옷 남자아이가 더 무거웠습니다

미로를 헤매는 나의 사고는 어눌해져 있었고

아이들만 멍하니 바라보고 있는데

남자아이가 여자아이 치마를 잽싸게 잡아 내렸

습니다

아이들은 와 하며 웃었고

놀란 여자아이는 주저앉으며 치마를 올렸죠

나는 보았어요 빨간 팬티를

여자아이 친구가 남자아이를 야단쳤어요

그래도 분이 풀리지 않는지 얼마 후

남자아이 바지를 잽싸게 잡아 내렸습니다

아이들은 이번에도 와 하며 웃었고

남자아이는 주춤하며 바지를 걷어 올렸죠

나는 보았어요 하얀 팬티를

지구의는 그때까지 돌고 있었지요

가던 길은 멈추지 않는다

홀로그램 춤사위 같은 세상에서

단순노동의 망치질처럼 진자를 연탄하며

밟힌 흔적으로 열어준 흙길 따라

경계를 밀고 가는 수채화 번짐같이

미로에 갇힌 앞선 흔적의 행방을 찾다

지나온 흔적 밟으며 되돌아가는 것은

괴롭고 외로운 일상의 길이다

고단한 길 달려온 밀물도 썰물 되듯이

누군들 되돌아가며 바람의 노래 부르지 않았

으랴

되돌아가는 것도 가던 길 가는 것이어서

꽃 지면 또 다른 꽃 피어나듯이

가던 길은 고단하여도 종점이 없다

제4부

그믐밤

푸른 그리움으로 잠들어
꿈속에서 깨어나
가슴으로 뜨는 달

사무치는 그리움에 촉촉이
젖어오는 눈물
베개머리 적시네

그믐에는
그리움도
홀로 해야 하는 밤

달도 숨어
저 홀로 그리워하는지
달그림자 보이지 않네

중심

자연의 품에는
안도 없고
밖도 없다

오직
존재하는 의미가
중심일 뿐이다

창살은 창살일 뿐
안과 밖이 따로
있을 수 없다

안이라고
밖이라고
선 그은 자 누구냐

오로지

중심으로
내가 있을 뿐이다

강아지풀

냇가에서 개헤엄 치다가
엉금엉금 기어 나오고
뙤약볕에 달아오른 모래밭
발바닥 따갑게 지져댈 때
고무신 물에 띄워 뱃놀이하고
여울에 조약돌로 제비치기 했었지

여기저기 달라붙은 모래알 털어내고
까까머리 들이밀며 러닝셔츠 입고
이쪽저쪽 발 디밀어 반바지 입고
잠자리채 을러메고 돌아갈 때
강아지풀 댓 개 뽑아 넌 줄거리며
집으로 갔지

슬며시 동생 목에 강아지풀 간질이고
윗입술에 얹어 수염도 만들고
손아귀 옴 작이며 갖고 놀았지

달빛 아래 고즈넉한 평화와 같은

포근한 감촉으로 편안했던 마음

강아지풀은 멍멍 짖을 줄도 모르지

씨알들아

작은 씨알 하나
어느 뫼 바람타고 놀다가
훨훨 날아와 노래하며
철조망 담장 밑 검은흙 끌어안고
곧은 뿌리내렸나

약초로 대물림하는
모든 씨알들아
어서어서 오거라
우뢰처럼
밤 도깨비 물리치며 오거라

푸른 잎 파들파들 밀어 올리고
아름다운 얼굴로 꽃 피워서
염려마라 걱정마라 다독이며
열매까지 보시하는 활인의 자비
용담초, 만병초, 민들레도 오거라

골방에 주저앉아

쇠창살 너머 푸르름

찬란한 빛 그리워하는

동천애인同天愛人 멍든 가슴에도

어서 오거라 씨알들아

왕모래길

오솔길
우거진 숲 사이를 걷는다
숲 물결 출렁이며 산등성이 오르고
가로 목木에 갇힌 왕모래는
내딛는 자국마다 물 끓는 소리로 운다

흐르고 싶어 침묵으로 품고 있는
간절한 소망을
문 열리는 찰나의 순간을
예리한 촉각으로 노리고 있음을

흐르는 자유가 소중하다는 것을
갇혀본 사람은 안다

인도에 들어서 보도블록 밟는데
물 끓는 소리가 들린다
걷는 발에 침묵이 매달려 우는
흐르고 싶은 소리가 들린다

악어

강물처럼 살고 싶어 강에서 삽니다
차가운 세상에서
사랑도 정의도 얼어붙어 가시밭에 찢겨서
정 붙일 곳 찾아 붉은 피 흘리며 헤매다
탱천 하는 분기 안고 강에 숨어 삽니다
지쳐 누운 밤을 지나 따뜻한 햇살 찾아오면
물밖에 나와 따뜻함에 분기 삭이고
포로롱 날아와 벗 되어 놀아주는 새 한 마리
꿉꿉한 심사가 상쾌해집니다
공룡이 날뛰던 시절에도 차가웠던 세상에서
조상의 음덕으로 질기게 살아남았습니다
새 한 마리의 음덕으로 강물과 함께 삽니다
포로롱 소리가 들려오니 벗이 오나 봅니다
유쾌한 일이죠

마음의 길

햇빛이 머무를 때는 모든 길이 자유롭다
경계 없는 하늘에서, 또는 바다에서
억겁의 길들이 어둠에 잠겨 숨 고르기 하고
달빛 드리운 날에는 젖은 땀 식히며 추억에 잠긴다

가야할 때를 더듬거리며 찾다가
달빛 맞아들이는 달맞이꽃의 수줍음을 본다
숲속 풀벌레 잠들지 못하고
달그림자 길게 누운 끝머리에 노송의 향이 푸르다

가고 싶지 않아도 가야만 하는 운명 같은 길
너와 나의 만남이 운명이라면
죽지 않는 들녘의 들풀 같다면
함께 가야만 한다

달빛의 푸른 향기로 채색된 달맞이꽃처럼
기다리는 길을 가야만 한다

모든 길이 자유로울 때 마음도 자유로운 것처럼

내 안에 경계 없는 길이 있어야 한다

남아 있기에

한때는 찬란했던 것들이 돌아섰어도

외로움도 꿈이 있어 소박하다고

화려하지 않아도 홀로 가는 길은

바람에 흔들리는 나뭇잎처럼

푸른 날이 손짓하고 있다는 것을 알기에

어둠에 묻혀도 새벽 오듯이

밝아오는 들녘 소리를 듣는다

미완을 끌고 가는 길은 보이지 않는다

무심한 것들이 기억을 지워도

홀로 쌓아가는 기억은 따뜻하게 남아

빛날 때를 만드는 거룩한 인내가 두드리는 등

외로워도 눈감는 일 다시없겠노라고

벌겋게 불 먹은 숯덩이 가슴에 박고

뜨거운 바람으로 비몽과 함께 가야 할

주저앉은 길 더듬거리며 이어가는

한 땀의 고뇌를 본다

수령의 턱밑에서

바람이 웅 웅 대며 내리치는
길길이 세운 칼날 같은 손톱이었다

물기둥으로 쏟아지는 빗줄기
강 되어 속절없이 쓸려가야만 했다

새벽이 가깝다는 것을 모른 채
어둠에 어둠을 쌓아갔다

쌔애액 날아오는 저 웅장한 밝음을 보라
빛이 걷어내는 새벽이 빛으로 들어간다

부연 것들 또렷하게 드러내 주며
차근차근 다가서는 저 걸음을 보라

죽죽 찢겨진 암흑의 상처에
들어차고 있는 저 생명의 빛을 보라

어둠에 묻혀 죽었던 심장 다시 살아
펄떡대며 뛰는 푸른 맥박의 소리가 들린다

아픔의 끝머리에서 자유가 유혹하는 대로
넘어가고 있는 마지막 고단함이 보인다

낙관 선물을 받다

시력 없는 눈에 맑은 혼으로
필체 싸각싸각 드러내며
옥돌에 자리 잡는 따듯한 마음
석각의 획을 따라가며 목이 잠겼다
가슴으로 파고드는 낙관의 서체가
화인으로 찍혀 마음에 남았다
남다른 의미의 집합체는
아픈 마음이 희열과 범벅되어
눈길 주고받으며 할 말을 찾지 못했다
파랑波浪같은 모진 세월은
새빨갛게 달구어진 쇳덩이가
명치에 걸려 태워지는 육신이었다
금강의 의지와 지혜로 헤쳐 가며
모두 비우고 돌아와 우뚝 선 세불世佛*
눈부신 빛으로 옥돌에 각인된 맑은 혼
졸 시집에 처음으로 낙관 찍어
떨리는 마음으로 선물하였다

아픔과 기쁨이 범벅된 눈물이 난다

어찌 많은 말이 필요하리오

부둥켜안고 등허리 토닥이며

목 메인 체온 나누고 따듯한 눈길로

이심전심 한마음인 것을

즐겁게 예술의 혼 만방에 꽃 피우며

푸른 하늘 높이 솟아

무궁한 우주가 되기를 기원하였다

* 세불世佛 : 전각장 민홍규의 아호.

대통령께서 다녀가신 집

대둔산 청림골에는 대통령께서 다녀가신 집이 있어요 시리도록 눈부신 푸른 가을에 아내와 집을 나서 손잡고 가는 길 버스를 타고 서울역으로 갔어요 가을밤의 무게로 짓눌린 잠에서 깨어난 노숙자의 아픔도 부스스 일어서는 아침에 무궁화 기차를 탔어요 무궁화 꽃들이 기차에 들어가 활짝 피었어요

대전시 안영동 농수산물 유통센터에서 아내는 해물 순두부 나는 비빔밥으로 점심 먹고 아내와 함께 걸어갔어요 안영교 건너서 터널을 지나 쑥 고개에서 버스를 타고 굽이굽이 달려서 신대 초등학교 삼거리에서 내렸어요

청림골 가는 길에는 차들만 다녀요 승용차, 승합차, 화물차, 덤프트럭 바쁘게 씽씽 달리고 경운기는 한가롭게 걸어요 우리 걸음은 경운기보다 더한가로워요 하천은 길 따라 같이 흘러요 산들은 가파른 밑자락에 한 채의 집들만 두르고 있어요

청림골 가는 길 참 멀기도 하네요 치근대는 아내의 투정이 잦아지네요

"아직 멀었어요?" "얼마나 더 가야 되나요?" "잘 알지도 못하고 가는 거 에요?"

발에는 물집이 생겨 욱신거리고 인도 없는 2차선 도로에 달리는 차들은 먼지구름 일으키고 오고 가는 사람은 보이지 않고 가장자리 빠듯하게 걸어가는 길옆에 굽이쳐 흐르는 하천 물이 흘러오며 우리를 반기네요 외양간의 소들이 떼 지어 서서 우리를 바라다봅니다 소의 눈에서 고요한 평화를 봅니다 여물 씹으며 어디 가냐고 묻길래 청림골은 얼마나 더 가야 되느냐고 물어봅니다

"움 메에 움 메에" 움 메, 그렇게 먼 곳을 가느냐고… 외양간 지기 강아지가 어서 가라고 사납게 짖어대네요 화훼농원의 국화꽃이 장관이어요 눈부시게 찬연한 아름다움이 휘발하고 아내는 흠뻑 취해 투정을 잊고 잠자리는 한가롭게 떠돌고 있네요

밝은 오후의 끝자락에서 7080 POP이 잔잔하게 흐르는 대통령께서 다녀가신 집에 들어갔어요

아내와 함께 칼국수 먹으며 멀리 보이는 정경에 취해 여독을 풀고 보고픈 시인님도 만났습니다 집에 가는 길 대둔산 휴게소까지 배웅하신 시인님과 작별하고 버스 타고 대전역으로 갔어요

붕어빵 천 원에 7마리 무궁화 기차를 탔어요 기차 안에는 무궁화 꽃들이 깨어있기도 하고 잠들어 있기도 하네요 아내와 함께 붕어빵을 먹으며 아리랑을 부를 일이 없을 거라는 생각을 했어요 대통령께서도 아리랑을 부를 일이 없을 거라는 나와 똑같은 생각을 하면서 돌아갔는지 고요한 시간에 또 다른 아리랑을 불러야 하는 세상사는 일이 그것이라고 생각을 했네요

집에 돌아와 불을 켰어요 아내와 나의 발에 물집은 생겼어도 참 행복한 우리 집이네요

박살

그래도 잔재들이 모여 있었지
아무것도 꿈틀대지 않았어

빛에 찔려 질러대는 사금파리
날카로운 비명이 눈 찔렀어

눈감으면 하나 되어 푸른 잔상이 보이고
가위눌려 버둥거려도 비명은 침묵을 지켰어

모든 것들이 산산이 날아가는 비창의 하늘
혼절하여도 죽음은 저 멀리에서 바라만 보았어

허전한 바람이 따뜻하다고 속아도 믿는
우직한 속살의 꿈틀거림만 호흡하였어

밤하늘 보이지 않는 별처럼 반짝임도 없이
어둠은 모든 잔재들 끌어 모아 하나로 묶었어

살아야겠다고 허벅지 쥐어뜯으며 속살 깨우고
눈 부릅떠도 어둠에는 별이 없었어

탈피脫皮

세상을 벗으니
나의 고뇌 고요하고
나의 몸 바람 되고
나의 마음 허공 되었다

내 안의 시공時空 무한하니
비워낸 세월 멈추고
세상 끌어안아도
빈자리 넉넉하다

어둠 왔다 가고
밝음 왔다 가도
시공時空은 오고 가지 않았다

침묵 되니
있는 듯 없는 듯
나 세상에 있어도
나는 세상에 없다

토장土葬

누워 밟혀도 오가는 이 받들리라
구정물 뒤집어쓰고 온갖 쓰레기 널리고 쌓여도
묵묵히 정화하여 자연을 살리리라
벌레들에게 아늑한 보금자리 되어주고
물 흐르는 길 되어
끌어안은 초목 뿌리 물 먹이며
꽃 피우고 열매 맺게 하리라

사람 노릇 못한 죄지은 죽음
흙으로 태어나 받들고 키우며
지은 죄 씻김 하리니
뜨거운 단풍 찬바람에 떨어져 쌓인
빛바랜 갈 빛 노래와
바람에 떨며 별과 노래한 풀잎으로
켜켜이 나의 죽음 덮어주오

견성성불見性成佛

1

살아가는 일이 바위의 무게였다
주위의 모든 것들이 번뇌였다
속세의 사람들과 물질의 인과 관계에서
벗어나지 못하고 끌려가며 울어야 했다
끌려가며 끌고 가는 번뇌가
마음을 타고 몸 안에서 돌았다
마음의 무게가 살아가는 무게였다
몸과 마음의 순수한 평화가 목말랐다

2

시련이 깊어지고 고통스러울 때
나는 누구인가라는 물음이 찾아왔다
나는 몸을 갖고 있었고
몸은 생로병사生老病死의 집합체였고
마음과 생각이 번뇌煩惱와 망상妄想으로
몸 안에서 돌고 있었고

배설물이 흘러나왔다

3

속세와 자연을 오가며 세월에게 끌려갔다

자연은 자연의 섭리가 있었고

속세는 인간의 순리가 있었다

자연의 섭리를 거부하면 재앙이 있었고

인간의 순리를 거역하면 발붙일 곳이 없었다

몸과 마음의 순수한 평화를 이루기 위해

종교를 찾아가도 만족할 수 없었다

4

죽음이 유혹하던 날 하늘을 보았다

끝없이 깊고 푸른 침묵을 흘러가는 구름

하염없이 바라보다 노을 드는

하늘이 무겁다고 생각하였다

죽음을 사색하는 세월이 구름처럼 흘렀다

두렵던 죽음이 따뜻해지고 포근하여
고향이라고 말할 수 있었다

5
무거운 마음이 죽음과 벗이 되어
세월에 끌려가며 속세를 유랑하였다
끝없이 찾아오는 화두話頭의 미궁에 빠져
자연을 방황하며 궁구窮究하니
자연스럽게 도道의 길을 가고 있었다

6
생각은 선과 악으로 이루어져 마음을 지배했다
선을 행하는 욕심도 생각에서 일어나고
악을 행하는 욕심도 생각에서 일어났다
생각은 욕심을 채우는 권모술수의 덩어리였다
깨어있는 정신으로 추종하고
자신의 이익을 위해 추종하고

맹목적으로 추종하는 것도

생각으로 하여 이루어진 것이어서

생각에서 발현된 권모술수權謀術數의 실행을 마음이 결정하면

몸은 선과 악을 구별하지 못하고 마음에게 순종했다

7

수행은 혼탁한 생각을 청정하게 정화하는 정화기이다

원초적 느낌은 소유의 생각을 유발하여

마음에 욕심을 형성했다

욕심에게 끌려갈수록 찾아오는 허기는

원망과 분노와 증오와 번뇌로 마음을 끓였다

수행의 완성을 향하여 가는 길은 요원하였고

해탈解脫은 나의 영육靈肉을 극락으로 만드는 일이었다

8

번뇌煩惱 망상妄想의 근원根源을 찾아야 했다

자연에서 발굴되는 교훈은 끝없이 나오고

자성自性과 자성自醒이 생각에서 유발誘發되어

마음에 축적되었다

자신성自身性과 상대성相對性의 번뇌煩惱 망상妄想이

욕심에서 유발誘發되니 번뇌 망상妄想의 근원이

욕심이었다

9

영혼의 화두話頭를 짊어지고 속세俗世를 유랑하

였다

영혼은 정신이었고 살아있는 몸에 존재하였다

몸 안의 생각이 마음에 극락도 만들고 지옥도

만든다

극락도 지옥도 살아있는 몸 안에 있다

몸과 일체 된 영혼은 몸과 함께 죽는다

죽은 몸에는 생각과 마음이 없어 극락과 지옥이
없다

10

마음을 비운다는 것은

욕심의 생각을 버린다는 것이다

생각을 버리니 욕심이 멸하여 고요해지고

마음에는 순수한 평화가 찾아왔다

인간의 순리에 순응하며 거짓을 비우고

자연의 섭리에 순응하니 번뇌煩惱 망상妄想이 사
라졌다

희로애락喜怒哀樂 애오욕愛惡欲을 벗어나니

감정感情은 사라지고 감성感性이 마음을 움직였다

11

속세俗世를 유랑하다 자연을 찾아가고

숲에서 바람소리 새소리 들으며

계곡물소리 거슬러 올라간 정상에서

깊은 푸름의 시공時空을 바라보며 확장되는

마음의 내면세계內面世界는 우주를 더하였다

무한대의 시공時空이 열리고

의식과 무의식이 우주를 유영遊泳하였다

우주는 서로의 주위를 공전하는 어둠의 집합체
였고

집합체의 우주는 다른 집합체의 우주를 공전하
였다

12

몸의 해탈은 죽음이다 하여 육신의 괴로움이 소
멸되고

마음의 해탈은 비움이다 하여 번뇌 망상이 소멸
된다

해탈한 미음이 바람이다

바람으로 어디에나 거침없이 도달하는 것이 부
처다
몸 안에서 바람이 분다
극락에서 부는 향기로운 바람이다

네우마, 순진한 고백록

이대의 | 시인

　박병대 시인의 시는 그의 모습을 그대로 닮았다. 그는 시를 순진할 정도로 사랑한다. '우리시 사무실'에서 공간이 부족해 오래된 문예지를 버리려 할 때, 그 문예지가 너무 아까워서 버리지 못하게 하고 다른 사람에게 판매해 보겠다고, 아니면 본인이 보겠다고 집으로 가지고 갔다. 후에 집안 공간이 부족해 결국 리어커를 빌려 폐휴지로 팔아버려 손해도 많이 봤단다. 그때 금전적 손해보다는 문예지가 버려지는 것을 보며 무척 속상했다고 한다.

　그렇다. 박병대 시인은 너무 오래되어 보지도 않는 남의 시들을 버리지 않고 간직하려 했던 그런 마음으로 시를 읽고 시를 쓴다. 그렇기 때문에 그의 시는 꾸밈이 없고 순수하다.

　박병대 시인의 세 번째 시집『단풍잎 편지』의 특징은 일상적인 생활 속에서 포착한 시들이 주류를 이루고 있다. 물론 허무적인 관념적 시와 시대를 비판하는 시가 있기는 하지만, 일상적 생활에서 깨달은 그만의 순진한 고백을 하고 있다. 특히 지아비로서 아내에게 마음만큼 다 해주지 못해 미안하고, 그로 인해 소심

해진 마음이 따스하게 담겨 있다.

　그의 시에 나타난 아내는 검소하고 이해심이 많다. 무능한 남편에 대해 투정도 있을 법한데 그러려니 하고 받아들인다. 오히려 그런 남편을 이해하고 보이지 않게 위로해 준다. 이런 마음을 알고 있는 시인은 아내에게 투정을 부리다가도 문득 자괴감에 빠지기도 하다가 아내에게 미안한 마음이 든다. 미안한 마음은 곧 애틋한 마음으로 변한다.

　　데퉁맞게 커피 병에 넣다가
　　흘려서 흩어진 심중의 맥
　　주방 식탁 쓸어 커피 잔에 담는 아내
　　황망하여 버리라고 한마디 하니
　　"내가 먹을게요"
　　오리지널 심중의 맥을
　　쓸어 담을 줄 아는 아내
　　　　—「맥심 오리지널」 중에서

　아내가 비닐봉지 커피를 사 와서 커피 병에 담는다. 일회용 커피믹스를 사지 않고 검소하게 봉지 커피를 사와 커피 병에 담다가 데퉁맞게 주방 식탁에 흘린다. 이를 본 화자인 남편은 화가 나서 버리라고 하는데 아내는 자신이 먹겠다고 주방 식탁에 흩어진 커피를 커피잔에 담는다. 이런 모습을 보고 화자는 화를 냈던 것이 미안해진다. 미안함은 곧 애틋함으로 변해 '현세의 비닐지퍼 데퉁맞게 닫히면 오리지널 봉분 아래 같이 눕겠네'하고 고백을 한다.

이렇게 생활 속에서 포착한 작품들은 아내의 말이나 행동을 통해 자신의 행위에 대한 잘못을 깨닫기도 하고 사랑을 느끼기도 한다.

식탁에 앉아 허기 채우며
김치 그릇 뒤적이는데
아내가 말씀하신다

"힘들게 방황하지 마라요"

무의식이 번쩍 눈을 떴다
　　　―「김치 그릇에도 길이 있었다」중에서

눈에 거슬려도 꾹 눌러 참았던
각시가 뿔났나 봐
"여보, 당신 바지 사러 같이 가요"
몇 군데 옷가게 거치며 껍데기 하나 샀지
실랑이했던 것을 끌어안고 석별의 정을 나누고
생생한 놈으로 아랫도리 씌워 부자유와 작별했지
엄마 품 같은 포근한 자유가 왔어
　　　―「실내복 바지」중에서

「김치 그릇에도 길이 있었다」에서는 배가 고파서 밥을 먹을 때 화자인 남편은 반찬이 마음에 드는 것이 없어 김치 그릇을 뒤적인다. 아내는 이를 보고 얼마나 속이 터졌을까? 그럼에도 불구하고 아내는 화를 내지 않는다. 오히려 돈이 없어 반찬을 못해준 미안한 마음이 깃들어 있다. 참고 참다가 하는 말이 "힘들게 방황하지 말아요". 이 말을 듣는 순간 화자는 자신의 행동이 얼마나 잘못된 것인가 하는 민망함이 든다. 민망함과 더불어 여러 가지 깨달음을 얻는다. 그 깨달음에 대한 구체적인 나열 없이 '번쩍 눈을 떴다'고 고백한다.

「실내복 바지」는 한 십 년 동안 입은 실내복 바지에 대한 우화다. 낡을 대로 낡은 실내복 바지를 나이 들어 입은 모습이 추해 보였을 것이다. 그러나 화자는 실내복 바지가 오랫동안 정들어 버리지 못하고 애착을 갖는다. 불편을 감수하면서도 버리지 못하는 것도 있지만, 빠듯한 살림으로 미안한 마음에 그냥 입고 있다. 아내는 그런 마음을 모를 리 없다. 헐렁하여 흘러내리고 거추장스럽게 걸쳐 입은 모습을 본 아내는 실내복 바지를 사러 가자고 한다. 아내가 사준 실내복 바지를 입고 화자는 그제야 '엄마 품 같은 자유가 왔'다고 고백한다.

이러한 순진한 고백은 아내의 모습을 보고 자연스럽게 나타나기도 하고 숨 가쁘게 생활하다가 어렵게 시간을 내어 여가를 즐기는 생활에 나타나기도 한다.

「젖은 손」에서 '무엇이든 다 해주며 행복하게 살겠다고' 약속을 했지만, 실제는 사는 게 녹록 지 않아 고생만 시킨 아내의 손을 이야기하고 있다. 함께한 세월 동안 고생한 아내의 손을 보는 마음이 애틋하다. '피할 수 없는 연분의 섭리에 순응하며 적시는 손'이라고 마음을 표한다.

「대통령께서 다녀가신 집」은 빡빡하게 생활하다가 모처럼 아내와 함께 여행한 일화다. '대둔산 청림골에 대통령께서 다녀가신 집'을 찾아 무궁화호 기차를 타고 버스를 타고 걷고 걸어서 간다. '청림골 가는 길 참 멀기도 하네요 치근대는 아내의 투정이 잦아 지'고 발에 물집이 잡히도록 걸어 찾아간 곳이 대통령께서 다녀가신 집이다. 거기에 거창한 먹거리도 없고 볼거리도 많은 것이 아니다. 그곳에서 '아내와 함께 칼국수 먹으며 멀리 보이는 정경에 취해 여독을' 푼다. 돌아오는 길에 붕어빵을 사 들고 무궁화호 기차를 타고 온다. '아내와 나의 발에 물집은 생겼어도 참 행복한 우리 집이네요' 하고 위안한다. 대통령께서 다녀가신 집보다는 우리 집이 참 행복하다.

도어 록 잠긴 공간
고요를 깨우는 핸드폰

여보, 경동시장인데
구천 원에 배추 두 망 샀어
손수레 갖고 정거장으로 나와

동동거리며 사는 마누라
싼거리 눈에 띄어
기쁜 마음으로 샀겠지

애끓는 마음 손수레에 얹고
와다닥 와다닥 끌었다

집안은 고요하고
마음은 한창 천둥벼락 치는데

마누라 환하게 웃는다
　—「배추」전문

　이 시에서는 아내의 검소함과 무능한 남편의 생활이 그대로
들어있다. 집을 지키고 있는 화자, 그보다는 할 일 없이 집구석
에 처박혀 있는 화자인 남편은「잡스러운 하루」의 시에서와 같
이 홀로 담배를 태우고 마시지 못하는 흑맥주 한 병 다 비우고
집으로 들어와 '사족 풀어져 비틀 돌아온 방구석 재떨이에는 잘
린 발톱 초승달로 웃고 있었다'와 같이 생활한다. 그런 생활에
젖어 있는 상태에서 아내에게 전화가 온 것이다. 경동시장에서
'구천 원에 배추 두 망 샀'다고 하는 아내의 전화에 화자의 마음
은 어땠을까? '동동거리며 사는 마누라 싼거리 눈에 띄어 기쁜
마음으로 샀겠지' 하면서도 마음이 불편하다. 결국 손수레를 끌
고 가서 배추 두 망을 받아온다. 배추가 싸서 두 망을 사온 아내
가 애처롭기도 하고 안쓰러워 마음은 천둥벼락을 친다. 백수로
집에 있는 자신이 무능해 보여 자괴감이 들었을 것이다. 그런 남
편의 마음과는 상관없이 '마누라는 환하게 웃는다'.
　그의 시에는 천상병 시인 같은 무의식의 자유만 있는 것이 아
니고 그에 대한 미안함과 사랑이 담겨 있다. 그 사랑은 순진하
다. 요즘 시대에 그와 같이 고백을 하면 아무런 감동도 없을 것
이란 것을 모르고 마음을 전할 뿐이다. 그의 사랑 고백은 고급스
럽고 화려한 고백이 아닌 관심도 없는 들꽃이나 단풍잎 엽서 같
은 것을 들고 정성스럽게 전하고 있다.

　우비 자락 펄럭이며 내 사람 가네

참아갈 세월
희생할 세월
언제나 비 오는 세월에
젖은 마음 펄럭이며 빗속을 가네
방울방울 비가 내리네
　　　—「비 오는 날」 중에서

　비 오는 날 아내와 함께 북한산을 오르며 아내의 뒷모습을 보고 쓴 시가 애틋하다. '언제나 비 오는 세월에 젖은 마음 펄럭이며 빗속을 가네'하고 지금까지 살아오며 고생한 세월에 대한 회한과 앞으로 살아갈 날들을 생각할 때 어쩌면 빗물과 같은 눈물이 났을 것이다.

덤으로 사는 날들이 오면 손을 펴서
함께 가야 할 사람을 잡아야 합니다
묵정밭 같은 아내와 나 사이에
씨앗을 뿌려야 합니다
씨앗은 봄에 뿌려야 하지만
사람 사이에는 마음먹은 대로 뿌립니다
　　　—「덤 날에 할 일」 중에서

　덤 날에 할 일이 어떤 것이 있을까? 한고비를 넘기고 살아갈 날에 시인은 씨앗을 뿌리겠다고 한다. 관심을 가지지 않고 그대로 방치해 둬도 때가 되면 먹을 것을 주고 언제나 제 역할을 다해 주는 '묵정밭 같은 아내'에게 '씨앗을 뿌려야' 한다고 한다.

'사람 사이에는 마음먹은 대로' 씨앗을 뿌려야 한다고 한다. 한 고비가 생기기 이전의 일상에선 씨 뿌릴 겨를조차 없이 앞만 보고 달려왔기 때문에 그런 생각을 못 하고 위기 넘기고 나니 그런 생각을 하게 된다. 이는 또 후세도 같이 살고 싶어 하는 마음이리라.

위와 같이 사랑하는 마음을 전할 때 손으로 쓴 편지 같은 아날로그적으로 한다. 요즘 시대에 그런 순진한 고백이 통할 수 있을까 하는 고민이 있을 법 한 데도 그는 그것이 통하든 말든 자기만의 방식으로 진정성 있게 마음을 전한다.

　　섬섬옥수 고운 손이
　　거칠어지고 닳아빠진 손톱
　　빠듯한 살림살이 알뜰하게 건사하며
　　따듯한 희생의 애틋한 사랑은
　　낮은 곳에서 높게 피어난
　　한 떨기 꽃입니다
　　　　―「딸깍발이 사랑」 중에서

　　간절했는데

　　입술에 막혀

　　뱅뱅 돌았지요
　　·
　　·

.

.

　　사랑해

　　　　ー「그 말」 전문

「딸깍발이 사랑」은 아내에 대한 헌시요 고백이다. 가난한 살림살이를 알뜰하게 건사하며 지켜내 온 아내에 대한 고마운 마음이 들어있다. 고운 손이 거칠어졌다는 고전적인 표현에서 볼 수 있듯이 시인은 아내가 고전적인 사람으로 보고 있는지 모른다. '따뜻한 희생의 애틋한 사랑'과 같이 다소 상투적인 표현이 동원되지만, 자신이 표현할 수 있는 자기다운 표현 방식으로 고백한다.

　이런 사랑 고백이 있기까지 시인은 '푸른 그리움으로 잠들어 꿈속에서 깨어나 가슴으로 뜨는 달' '사무치는 그리움에 촉촉이 젖어오는 눈물 베갯머리 적시네'「그믐밤」 같이 가슴에 품었다가 진지하게 고백을 한다.

　「그 말」에서와 같이 '사랑해'라는 말을 참 어렵게 한다. 남들은 너무도 쉽게 하는 말을 시인은 간절하고 입에서 뱅뱅 돌아도 못하다가 겨우 말한다. 이러니 그의 고백이 순진하다고 할 수밖에 없다. 현란한 언어 구사를 통해 내뱉은 말보다는 그의 어눌하고 소박한 어투가 더 진실 돼 보인다.

　지금까지 박병대 시인의 시집 『단풍잎 편지』를 살펴봤다. 앞에서 언급했듯이 일상적인 생활 속에서 포착한 시들이 주류를 이루고 있다. 특히 지아비로서 아내에게 생각만큼 다 해주지 못해 미안한 마음을 순진하게 고백한 시들이 관심을 갖게 한다. 그런데도 시인은 이런 언급이 불편할 수 있을 것이다. 자신의 진심이 담긴 순진한 고백을 어쩌면 감추고 싶기 때문일 것이다. 그러나 요즘 시대에 손 편지 같고 단풍잎 붙여 보낸 엽서 같은 고백이 얼마나 순수해 보이는가.

시에 담긴 아내의 모습은 정지용 시인의 '사철 발 벗은 아내' 같은 모습까지는 아니지만 답답할 정도로 순진한 지아비와 살며 가난한 살림을 꾸리며 사는 풍경이 애틋하게 다가온다. 지아비에 대해 투정할 만도 한데 인내하고 이해하며 살아가는 아내. 시인은 그런 아내의 모습을 보며 자괴감에 빠지기도 하고 더 해줄 수 없는 애틋한 마음으로 자신만의 스타일로 순진한 고백을 한다.

그의 시에는 이 밖에도 힘들게 살아가는 이웃들에게도 순진한 고백을 한다. 그들의 어려운 일을 자신의 일처럼 아파하고 도와주지 못해 안타까워하는 마음이 고스란히 배어 있다.

「낙관 선물을 받다」 누명을 쓰고 영어의 몸이 되어 힘들어하는 사람을 자신의 아픔처럼 풀어놓는다. '옥돌에 자리 잡는 따듯한 마음 석각의 획을 따라가며 목이 잠겼다 가슴으로 파고드는 낙관의 서체가 화인으로 찍혀 마음에 남'아 '어찌 많은 말이 필요하리오. 부둥켜안고 등허리 토닥이며 목 메인 체온 나누고 따듯한 눈길로 이심전심 한마음인 것을' 하고 위로의 말을 전한다. 「독거노인」과 「노숙 여인」은 우리 시대의 아픔이기도 하고 상처이기도 하나 외면 받는 사람들을 보며 그는 묻는다. '따듯한 말 한마디 건네주는 사람 어디 없나요'하고. 그러면서 손 내미는 꿈을 꾼다. 「엄마 미안해」에서는 어머니가 돌아가셨는데 문상객도 없는 초라한 장지에서 같이 슬퍼하는 고백록이 담겨 있다. 이 밖에도 소외 계층에 대한 위로의 고백이 앙리 루소의 그림처럼 펼쳐있다.

아직 때 묻지 않은 시인의 순진한 고백록은 그래서 손 편지를 읽은 기분이다. 어찌 보면 말로 다 표현하지 못하고 네우마의 음처럼 보이기도 한다. 그럼에도 진정성 있는 순박한 시에 채색하고 싶은 마음이 든다. 그러나 그 채색은 의미가 없다. 순진한 고백에 때가 묻을 것 같기 때문이다.

불교문예시인선 • 027 **단풍잎 편지**
ⓒ박병대, 2019, Printed in Seoul, Korea

초판 1쇄 인쇄 | 2019년 08월 27일
초판 1쇄 발행 | 2019년 09월 03일

지은이 | 박병대
펴낸이 | 문혜관
편　집 | 고미숙
디자인 | 쏠트라인saltline
펴낸곳 | 불교문예출판부

등록번호 | 제312-2005-000016호(2005년 6월 27일)
주　　소 | 03656 서울시 서대문구 가좌로 2길 50
전화번호 | 02) 308-9520, 010-2642-3900
전자우편 | bulmoonye@hanmail.net

ISBN : 978-89-97276-37-0 (03810)
값 : 10,000원

이 도서의 국립중앙도서관 출판예정도서목록(CIP)은 서지정보유통지
원시스템 홈페이지(http://seoji.nl.go.kr)와 국가자료공동목록시스템
(http://www.nl.go.kr/kolisnet)에서 이용하실 수 있습니다. (CIP제어
번호 : CIP2019032461)